INAUGURATION DE LA STATUE

DE

GERMAIN SOMMEILLER

A ANNECY, LE 8 JUIN 1884

DISCOURS

PRONONCÉ

PAR M. JULES PHILIPPE

DÉPUTÉ

EN PRÉSENCE DE M. RAYNAL

MINISTRE DES TRAVAUX PUBLICS

ANNECY

IMPRIMERIE JOSEPH DÉPOLLIER ET Cie

1884

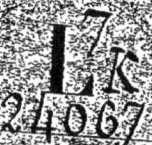

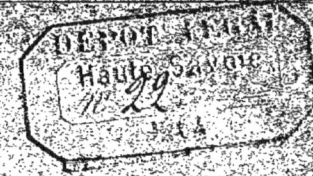

INAUGURATION DE LA STATUE

DE

GERMAIN SOMMEILLER

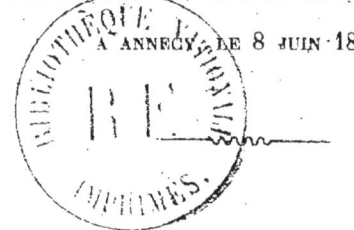

A ANNECY, LE 8 JUIN 1884

DISCOURS

PRONONCÉ

PAR M. JULES PHILIPPE

DÉPUTÉ

EN PRÉSENCE DE M. RAYNAL

MINISTRE DES TRAVAUX PUBLICS

ANNECY

IMPRIMERIE JOSEPH DÉPOLLIER ET Cie.

1884

DISCOURS

PRONONCÉ PAR M. JULES PHILIPPE

MONSIEUR LE MINISTRE, MESSIEURS,

Qu'il me soit permis tout d'abord de remercier les organisateurs de cette fête, d'avoir bien voulu me confier le soin de prononcer le discours d'inauguration de la statue que nous élevons à Germain Sommeiller.

Bien des fois, depuis de longues années, je me suis efforcé de faire ressortir la part qui revient au petit peuple savoisien dans le mouvement intellectuel des nations. Rien ne pouvait m'être plus agréable que de parler d'un homme qui fait la gloire de notre chère Savoie, rien ne pouvait être plus honorable pour moi que de célébrer son œuvre.

Germain Sommeiller naquit le 15 février 1815 à Saint-Jeoire (arrondissement de Bonneville), où on lui a déjà élevé un monument; dans ce même bourg où est né le père de l'illustre Monge; dans ces vallées où, de tout temps, la science du constructeur, du mathématicien, a été l'apa-

nage des populations industrieuses qui les
habitent ; tout près de cette vallée où
naquit Bouvard, le calculateur infatigable,
le collaborateur de Laplace ; dans ce pays
ayant donné le jour à un magistrat éminent en tous points qui a occupé avec
distinction, de notre temps, le premier
poste de la magistrature française, M. Mer-
cier, premier président de la Cour de
cassation, et que nous sommes heureux
de voir aujourd'hui au milieu de nous.

Sommeiller n'est donc point né à Annecy ; notre ville n'a été pour lui qu'une
seconde patrie.

Sa famille était des plus modestes ; mais
on y tenait en grand honneur le travail et
l'étude. Après avoir fait à Mélan ce qu'on
appelait à cette époque *les humanités*, il
vint dans notre collège, fondé par Eustache
Chappuis, un enfant d'Annecy, et l'un des
conseillers de Charles-Quint ; ce fut dans
cet établissement qu'il fit ses deux der-
nières années d'études secondaires, de
1834 à 1836.

Alors se présenta la question, redouta-
ble pour la plupart, du choix d'une carrière. La famille de Sommeiller, je l'ai dit,
était de condition modeste, et n'aurait pu
suffire aux dépenses occasionnées par des
études supérieures : heureusement, le collège d'Annecy allait pouvoir lever cette
difficulté. Vous savez, Messieurs, qu'Eustache Chappuis, en même temps qu'il fonda
notre collège, en 1549, en avait créé et
richement doté un autre à Louvain, en

Belgique, dans lequel un grand nombre de bourses furent réservées à des étudiants savoisiens. La Révolution apporta des troubles dans le régime de ces fondations, mais après un accord entre la Belgique et le Piémont, quelques bourses furent rétablies en notre faveur, avec faculté d'en appliquer les effets à l'Université de Turin. Parmi ces bourses, il y en avait une intitulée pour l'*Architecture* et l'*Hydraulique*, ou encore *Arts et Sciences*. Sommeiller concourut pour l'obtenir, et il y réussit, à la fin de l'année scolaire 1835-36.

La Commission du collège d'Annecy, dispensatrice de ces faveurs, ne pouvait se douter qu'elle venait d'ouvrir la carrière à l'ingénieur qui devait accomplir un des plus grands travaux publics du milieu de ce siècle; à celui qui, en perçant le premier les Alpes, devait se placer de pair, quoique sur un autre terrain, avec l'homme qu'on a appelé justement le *grand Français* : Lesseps, l'auteur des canaux de Suez et de Panama.

Je signale en passant la singulière bonne fortune que le collège d'Annecy a rencontrée dans la distribution de ses bourses; c'est grâce à lui que l'illustre Berthollet, dont la statue s'élève non loin d'ici, a pu obtenir, le 27 septembre 1766, d'aller au collège des provinces à Turin, pour faire ses études de médecine, en même temps que Vichard de Saint-Réal, qui fut un physicien et un géologue distingué, membre de l'Académie des sciences de Turin, qu'a-

vait déjà illustrée le grand géomètre La-
grange.

Vous voyez, Messieurs, que notre collège
a un passé académique qui n'est pas sans
gloire.

Sommeiller suivit donc ses cours de ma-
thématiques à Turin où il fut reçu ingénieur,
après plusieurs années d'un dur travail et
d'épreuves de toutes sortes dans lesquelles,
je n'hésite pas à rendre le fait public, il
fut aidé avec un dévouement au-dessus de
tout éloge par sa sœur, madame Dufresne-
Sommeiller, décédée il y a quelques mois
seulement.

Sommeiller resta animé d'une pieuse
reconnaissance pour cette sœur dévouée ;
mais il conserva aussi une gratitude pro-
fonde au collège d'Annecy auquel, si la
mort lui en avait laissé le temps, il voulait
donner de son souvenir une marque importante, souvenir dont on trouve la trace
dans la dédicace suivante placée en tête d'un
exemplaire de l'un de ses rapports sur la percée des Alpes : *Ancien élève du collège Chap-
puisien d'Annecy, j'offre ce travail à la bi-
bliothèque du collège, comme témoignage de
reconnaissance envers mes anciens maîtres
et de vénération pour le bienfaiteur de la
jeunesse qui a donné son nom à la fonda-
tion Chappuisienne.*

Voilà comment, Messieurs, Sommeiller
est rattaché à Annecy ; voilà pourquoi une
de nos avenues porte son nom, sous l'ins-
tigation, si je ne me trompe, de M. Sadi-
Carnot qui a commencé chez nous sa car-

rière déjà si brillante ; voilà pourquoi nous lui élevons ici une statue avec le concours bienveillant du gouvernement de la République.

Je ne parlerai pas des premières années de la carrière de Sommeiller ; j'ai hâte d'arriver à l'entreprise qui a fait glorifier son nom et lui a valu l'honneur que nous lui rendons aujourd'hui.

L'idée de traverser les Alpes savoisiennes au moyen d'un tunnel, remonte à une époque éloignée ; ce fut en 1832 que Joseph Médail, de Bardonnèche (Piémont), émit le premier cette idée et l'exposa dans un plan présenté au roi Charles-Albert ; le plan fut relégué et oublié dans les cartons ; il se rapportait à un travail trop extraordinaire pour l'époque et qui ne pouvait que paraître chimérique. Médail préconisait pour le passage la ligne de Modane à Bardonnèche ; il aurait fallu de 34 à 36 ans pour percer ce tunnel par les moyens alors connus, aux prises avec les difficultés techniques qu'aurait présentées l'exécution d'une galerie longue de 12,000 mètres.

Médail mourut privé de la satisfaction de voir son projet étudié sérieusement.

Il n'en a pas moins été le promoteur de l'idée et, à ce titre, il a droit à notre souvenir : n'oublions pas les initiateurs des idées grandes, quel qu'ait été le sort réservé à leurs efforts : leur insuccès ne peut justifier notre ingratitude, surtout lorsque, après eux, justice leur a été rendue par les faits.

L'idée de Médail ne périt pas avec lui ; en 1845, le gouvernement, excité par la presse, la reprit et chargea M. Maus, ingénieur belge, alors employé au chemin de fer de Gênes, et M. Sismonda, le savant géologue piémontais, d'étudier un projet de tunnel dans l'espace compris entre le Mont-Tabor et le Mont-Cenis. Tous deux reconnurent que l'endroit le plus favorable était celui qui avait été indiqué par Médail, sous le mont Fréjus. M. Maus fit le plan des travaux à exécuter et proposa même un système de machines perforatrices et de ventilateurs. Mais les graves événements de 1848-49 firent oublier le plan de l'ingénieur belge.

Après M. Maus cependant, divers systèmes furent étudiés, par M. Ranco, ingénieur piémontais, par M. Piatti, ingénieur milanais, tandis que M. Colladon, de Genève, et M. Bartlett, anglais, étudièrent spécialement les moyens de perforation, le premier, par l'air comprimé, le second par la vapeur, mais sans arriver à un résultat absolument certain.

Ce fut alors que Sommeiller s'éprit de l'idée de se servir de l'air comprimé comme propulseur remplaçant la vapeur ; son intention d'abord fut de n'appliquer ce propulseur nouveau qu'à la traction des convois sur les grandes pentes. Ce fut le point qu'il étudia tout d'abord en s'adjoignant deux ingénieurs de ses amis, MM. Grattone et Grandis, qui restèrent associés à sa fortune ; et en fin novem-

bre 1853, il écrivait à un de ses amis à
Annecy:

« Aujourd'hui nous avons en mains une
« machine hydro-pneumatique avec la-
« quelle nous ferons travailler l'air et
« l'eau. Nous avons la certitude mathé-
« matique que nous réussirons à chasser
« la vapeur de tous les pays de monta-
« gnes... Je pense que nous aurons en
« Savoie plus de chemins de fer que dans
« la plaine. »

Et comme il mêlait assez souvent la note
gaie aux graves préoccupations, ce qui
était un côté de son caractère qu'il faut
rappeler, il écrivait à la fin de sa lettre
cette phrase que je vous demande la per-
mission de reproduire : « Je compte telle-
« ment sur la réussite que je me suis
« déjà mis à fumer des cigares de deux
« sous ! »

Mais bientôt préoccupé à son tour de la
grande idée du percement des Alpes,
Sommeiller songea à appliquer sa décou-
verte à cette œuvre gigantesque. Après de
nouvelles études, de nouvelles recherches
innombrables il finit par résoudre l'important problème. Un jour il se présenta chez
le grand ministre Cavour et put, à son
tour, s'écrier devant l'illustre homme d'E-
tat, comme Archimède devant le roi de
Syracuse : « J'ai trouvé ! »

Cavour, avec son génie, entrevit la vérité,
prit foi dans le projet de Sommeiller, et
le 17 juin 1856 le ministre des travaux
publics Paleocapa était chargé par la

Chambre de faire expérimenter le système proposé. L'essai eut lieu en avril 1857 à La Cascia, près de San-Pier-d'Arena, avec des machines construites en 1855 et 1856, à Seraing, en Belgique, où Sommeiller se livra à un travail opiniâtre qui aurait ébranlé toute autre santé que celle de notre robuste montagnard. L'essai réussit.

Le Gouvernement n'hésita pas à proposer au Parlement, dans cette même année, un projet de loi pour la percée des Alpes. Cavour appuya ce projet de sa puissante parole ; notre compatriote, M. Ménabréa, alors colonel du génie et député, aujourd'hui ambassadeur d'Italie à Paris, prononça à cette occasion un important discours en faveur de la proposition, dans la séance de la Chambre du 26 juin 1857, discours dans lequel la science du mathématicien le disputait à la hauteur de vues du véritable homme d'Etat. Enfin la loi du 15 août 1857 vint consacrer le principe de la percée du mont Fréjus, et quinze jours après, Victor-Emmanuel II mettait le feu à la première mine du côté italien.

Mais l'œuvre ne pouvait être poursuivie sans de grands travaux préparatoires ; il fallait ouvrir des routes, construire des bâtiments pour les ouvriers, des magasins, des chantiers. Sommeiller, aidé par ses deux camarades et par un de ses frères, veilla à tout et conduisit rapidement cette besogne, si bien qu'à la fin de 1857 on attaqua les Alpes des deux côtés par les moyens ordinaires, ce qui pouvait mener jusqu'à une certaine profondeur.

Pendant ce temps, Sommeiller, cherchant à obtenir mieux encore qu'il n'avait trouvé, perfectionna son système de perforation par l'air comprimé. Les ateliers de la société John Cockrill, à Seraing, ont conservé le souvenir de son activité fébrile, de sa puissance de travail; le pays manufacturier tout entier l'avait en grande admiration, et les contre-maîtres, les ouvriers ne parlaient jamais de lui sans se découvrir! Preuve indéniable du vrai mérite, du génie, disons le mot, qui ne manquent jamais de commander le respect, l'admiration la plus absolue.

Par contre, des doutes, des objections, des négations même ne laissèrent pas de se produire, provenant de quelques hommes spéciaux : il devait se rencontrer dans un pareil travail, disait-on, des difficultés invincibles sous le rapport principalement de la solution pratique de la conduite de l'air comprimé, de l'application de celui-ci comme force motrice à grande distance, sans perte trop importante de tension; on ne croyait pas non plus à la possibilité de ventiler convenablement une aussi longue galerie à voûte fermée. Nous avons vu Sommeiller impassible devant les sarcasmes de certains. « Ils ne riront plus dans « quelque temps, disait-il; je sais ce que « je fais et où je vais. » Cette simple phrase, accompagnée d'un léger sourire, était la seule réponse dont il honorât ses adversaires.

Enfin, dans le courant du mois de janvier 1861, les premières machines pénétrèrent dans les flancs des Alpes, du côté de Bardonnèche ; le 25 janvier 1863, elles attaquèrent le roc du côté de Savoie.

L'entreprise marcha admirablement, à part quelques accidents de détail inévitables en pareille occurrence.

Cependant Sommeiller, en plein succès, malgré sa confiance dans une réussite complète prouvée déjà par les faits, ne se laissait pas aller à une joie prématurée. Il écrivait un jour :

« Je suis de ces hommes qui ne se re-
« posent et ne dorment que sur la certitude
« absolue, et je prends toujours mes pré-
« cautions avec quatre-vingt-dix-neuf
« chances comme avec une sur cent.....
« Nous avons achevé la moitié du tunnel
« du côté italien, mais je ne suis pas grisé
« pour cela. Je vis comme si je devais res-
« ter pauvre, et je ne songerai à la peau
« de mon ours que lorsqu'il sera bien mort
« à mes pieds. Je me suis toujours bien
« trouvé, dans mes poursuites les plus
« ardentes, de mettre dans un plateau de
« la balance les joies du succès, et dans
« l'autre, l'amertume d'une défaite possi-
« ble. Espérons qu'ici le premier plateau
« emportera l'autre. »

Peut-on triompher plus modestement, et ne reconnaît-on pas dans cette modestie même le signe de la force intellectuelle et

morale que la nature départit à ses rares
privilégiés ?

Mais depuis 1860, la Savoie était rendue
à la mère-patrie. La France, par une con-
vention signée le 7 mai 1862, avait pris à
sa charge une notable portion des frais de
l'entreprise du tunnel ; la grande œuvre de
Sommeiller devenait de la sorte aussi française qu'italienne, et lorsque le 26 décem-
bre 1870, la dernière parcelle de roc vola
en éclats, après un temps de travail plus
court que celui qu'on avait prévu, la
France et l'Italie virent tomber la barrière
qui les séparait.

Toutefois, hélas ! ce grand fait se pro-
duisait dans un moment où il devait passer
presque inaperçu. Les préoccupations de
la nation française avaient alors pour uni-
que objet la défense de la Patrie ! A cette
place même où nous sommes, se pressaient
en rangs serrés, compacts, nos milices
savoisiennes prêtes à verser leur sang pour
la France, leur mère-patrie ! Pas un
homme ne manquait à l'appel — laissez-
moi le dire — à moi qui avais l'honneur
de présider, dans cette année terrible, à
l'administration de ce patriotique départe-
ment, laissez-moi le dire devant un repré-
sentant du gouvernement républicain,
comme hommage rendu à nos excellentes
populations et comme expression d'un
sentiment personnel de reconnaissance
que je garderai, jusqu'à la dernière minute,
de ma vie, dans mon cœur de patriote et
de Français !

Aujourd'hui, les temps sont heureusement changés. Nous pouvons fêter, libres
de préoccupations douloureuses, les œuvres
de la paix, l'acheminement de nos voies
ferrées, complément, dirai-je, pour nous
nécessaire, de l'entreprise de Sommeiller,
entreprise qu'il ne put voir complètement
terminée. Malade déjà grâce au travail
opiniâtre auquel il avait dû se livrer pendant de longues années, il était venu, en
mai 1871, chercher un allègement à ses
souffrances dans son bourg natal, au sein
de ces vallées qu'il aimait de toute la force
de son grand cœur. C'est là qu'il rendit le
dernier soupir le 11 juillet 1871. Il avait
eu la consolation de voir entièrement percé
ce tunnel taxé jadis de chimère; mais il n'eut
pas le temps de le voir servir aux relations
commerciales des deux nations intéressées.

L'œuvre de Sommeiller, Messieurs, res-
tera une des plus grandes de ce siècle, non
seulement par les avantages matériels
qu'elle a procurés à deux peuples voisins,
mais aussi et surtout à cause de la part
que, la première, elle a apportée dans le
travail de rapprochement des nations la-
tines; c'est en élevant à cette hauteur la
question, qu'on peut apprécier à toute sa
valeur l'importance de l'œuvre de notre
compatriote, importance qui vous appa-
raîtra évidente, Messieurs, sans que j'insiste
davantage.

Mais je ne puis m'empêcher de répéter
avec bonheur que c'est à un Savoisien que
nous devons cette œuvre. Et, singulière

coïncidence, c'est à un autre Savoisien, né
sur les bords du lac d'Annecy, qu'est due
la première route au moyen de laquelle on
a pu, à peu près sûrement, traverser les
Alpes. Ce ne fut pas alors par le fer, le feu
ou l'air comprimé qu'on fraya cette voie
internationale, mais par la simple force de
l'idée, par la charité, au nom du Dieu de
paix et de concorde : j'ai nommé Bernard
de Menthon et le Grand Saint-Bernard !

Un peuple a pour devoir d'honorer ses
grands hommes, ceux surtout qui se sont
rendus utiles à l'humanité. Sommeiller
aujourd'hui reçoit la marque de la reconnaissance que nous lui devons. Sans doute,
les manifestations d'estime et d'admiration
ne lui ont pas manqué de son vivant : il
fut deux fois élu député au parlement
sarde ; il était grand officier de l'ordre des
Saints-Maurice et Lazare, grand cordon
de la Couronne d'Italie, commandeur de
la Légion d'honneur, décoré d'autres ordres
de presque toutes les nations européennes ;
il était enfin chevalier de l'ordre du Mérite
Civil de Savoie, récompense distribuée très
rarement, précieuse au premier titre, et
qui lui fut décernée à l'unanimité des voix
par le conseil de l'ordre.

Toutes ces distinctions honorifiques ne
purent le trouver indifférent. Mais enfin
elles ont disparu avec lui ! Ce qui est plus
précieux, plus durable, c'est la mémoire
qu'il laisse, c'est le souvenir de sa persé-
vérance et de l'exemple de cette ténacité
montagnarde qui mène toujours au résultat,

c'est le souvenir de ses luttes glorieuses en faveur d'une grande idée.

Voilà qui vaut plus que les décorations les plus enviées.

En consacrant aujourd'hui ces souvenirs par ce monument, nous faisons œuvre patriotique, nationale. En honorant l'auteur de la première percée des Alpes, nous disons nos espérances pour une fusion définitive des intérêts des peuples latins.

Et maintenant, Messieurs, payez votre tribut de reconnaissance au citoyen utile en saluant la reproduction si vraie de ses traits énergiques, œuvre d'un artiste éminent, M. Becquet, l'auteur de la statue élevée à Montbéliard, à Denfert-Rochereau, le glorieux porte-drapeau de la France en 1870-1871 (1).

Puisons dans cette patriotique cérémonie un amour, un dévouement toujours plus grands pour la Patrie, sentiment élevé qui occupait l'âme entière de notre illustre concitoyen.

Et vous, Monsieur le Ministre, qui avez bien voulu présider à cette fête patriotique, et prouver ainsi tout l'intérêt que porte le gouvernement républicain aux choses qui nous regardent, vous, Monsieur le Ministre, vous reconnaîtrez en Sommeiller l'un de

---

(1) M. Becquet est aussi l'auteur de la statue de La Bruyère, à l'Hôtel-de-Ville de Paris, de celle d'Ismaël, au musée du Luxembourg, et d'un saint Sébastien admiré au Salon de 1884 et acquis par l'Etat.

os grands précurseurs ; lui, a construit,
l a jeté le germe d'une large et féconde
dée ; vous, Monsieur le Ministre, vous avez
rocuré à la France le moyen de résoudre
n problème qui menaçait de devenir inso-
uble, et vous avez assuré l'achèvement de
notre grand réseau national des voies fer-
ées : Sommeiller vous eût approuvé.

Soyez loué au nom de celui dont nous
onorons la mémoire, au nom du pays de
Savoie, au nom de la France et de la Ré-
ublique !

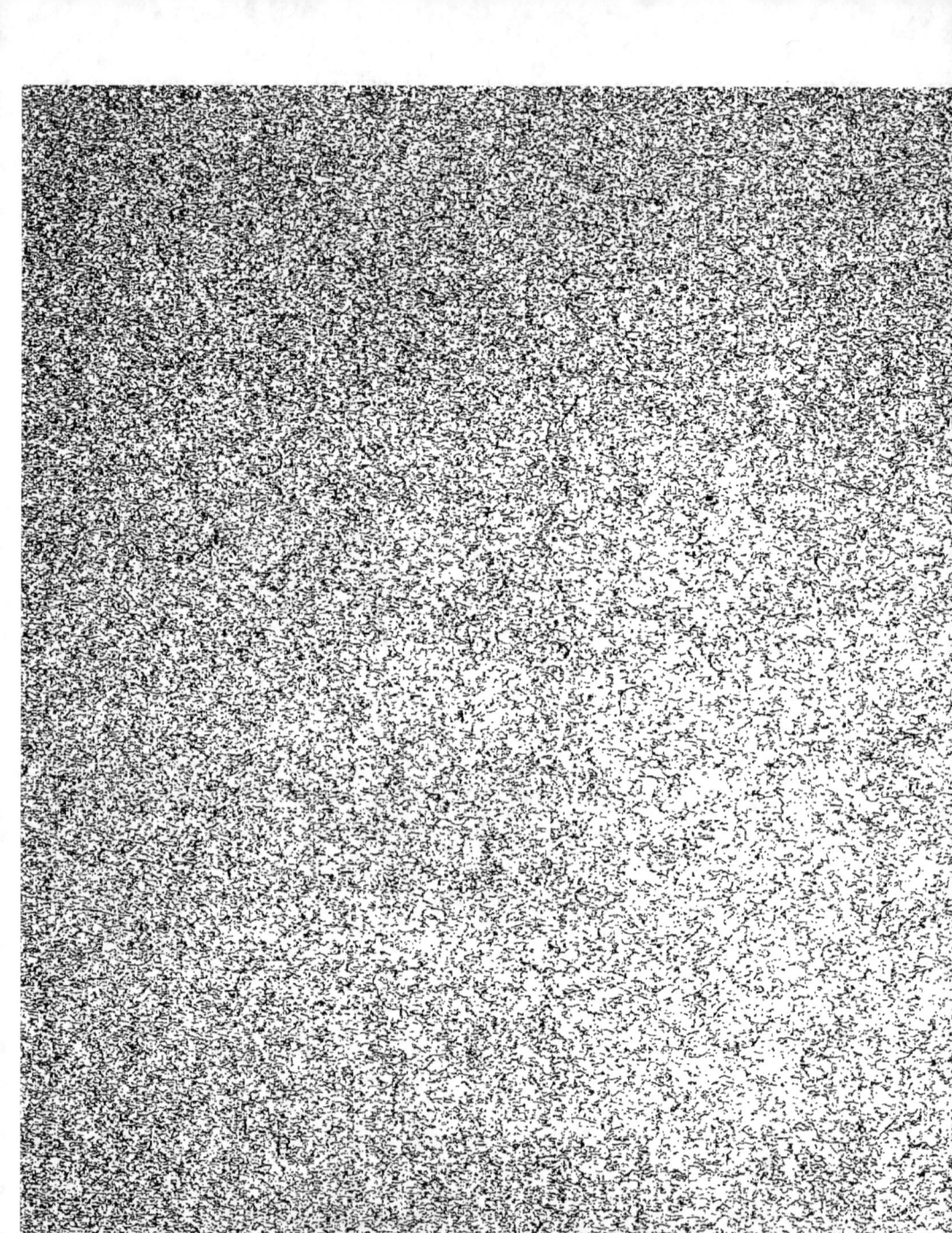